KB128031

선물 같은   당신에게

선물 같은 당신에게

오진욱
시 집

바른북스

———— 저는 계절을 사랑합니다. 우리가 함께 걸어
온 계절을 사랑해서 시집에도 사계(四季)를 담았습니다.
저는 계절마다 변하는 꽃과 나무들을 보는 것만으로
기분이 좋아지곤 하는데, 그저 꽃이 예뻐서만이 아니
라, 비바람을 이겨내고 마침내 아름다움을 피워냈다는
사실에 마음이 움직이는 것 같습니다. 마찬가지로, 우
리도 그런 존재입니다. 비바람을 맞을 때도 있지만, 시
간이 지나 시들 때도 있지만, 우리는 언젠가 분명히 각
자의 아름다움을 피워낼 것이니까요.

차례

PART 3
Autumn

PART 4
Winter
_____
_____

PART 1

Spring

몽당연필

아껴 쓰고, 아껴 쓰고
또 아껴 쓰니 몽땅
몽당연필이 됐어요

저 아이는
몽당연필이
몽땅 귀여워서
좋다고 합니다

와 신기해요
아이의 미소 한 번에
아이의 말 한마디에
저도 몽당연필이
몽땅 좋아졌습니다

파란

모두가 겨울잠을 잘 때
서리 가득한 땅에 묻힌 존재들
꿈틀꿈틀 땅에서 올라온다

얼어붙은 밤 속에서
떨리는 숨을 가지고 올라온다
떨리는 숨을 가지고
서리 가득한 겨울을 녹이면
봄은 오고

봄이 오면
차가운 계절을 뒤집고
퍼런 멍을 갈아엎고
퍼런 멍보다 깊은 푸름으로 나아간다

찬바람을 이겨내고

차가운 겨울을 살아낸 이들

이들에게 파란은 자유의 상징

새로운 시작이 빛으로 가득하다

Carpe diem

오늘을 살라
과거에 얽매이지는 말고
미래만을 위해 살지도 말고

오늘을 위해
최선을 다해 살라
오늘이라는 시간을 살아가라
매일 마지막 날인 것처럼

오늘이란 하루는
다시 돌아올 수 없는 것
내일 내가 오늘을 추억해도
돌아가고 싶어도 돌아갈 수 없는 것
그러기에 오늘을 최대한 만끽하자

오늘을 만끽하자

최대한

많이

새로운 시작이네요

.

새로운 시작이네요
이리 인사드립니다

우리의 어제는 잘 가라 손짓하듯
우리의 추억은 가슴속에 고스란히

따사로운 봄날에는 우리가 함께한 봄 구경이
후덥지근 여름이면 시원한 교실과 물장난이
알록달록 가을이면 교실 밖 단풍들이
눈 내리는 겨울이면 이별을 마주하던 감정들이

생각나고, 그리울 겁니다

새로운 시작이네요
이리 인사드립니다

우리 함께한 모든 순간들이

봄이면 부끄러워 얼른 제 모습 감춘 벚꽃처럼

여름이면 초록초록 청량히 우릴 반긴 나무처럼

가을이면 가슴을 발그레 붉힌 단풍처럼

겨울이면 보송보송 내리던 하얀 눈처럼

생각나고, 그리울 겁니다

새로운 시작이네요

이리 인사드립니다

내 마음속 작은 씨앗 하나

어릴 적 모든 것이 느렸던 나에게
어머니는 웃으며 말씀하셨습니다
네가 아직 느리고 작은 건
네 마음속 작은 씨앗이 무거워서 그런 것이라고

토끼와 거북이 이야기처럼
결승점에 먼저 도달하는 거북이가 되고 싶다고 하니
어머니는 웃으며 말씀하셨습니다
네 마음속 작은 씨앗이 꽃이 되고 열매가 되면
넌 이미 결승점에 있을 것이라고

너무 힘들어서
너무 아파서
내 마음속 작은 씨앗은
언제 꽃이 되고 열매가 되는지 묻자
어머니는 웃으며 말씀하셨습니다

씨앗이 껍질을 찢어 새싹을 틔울 때 아픈 것처럼
네 마음속 작은 씨앗이 새싹을 틔우는 것이라고

이제는 느리지가 않습니다
이제는 아프지가 않습니다
내 마음속 작은 씨앗은
희망이라는 새싹을 틔웠습니다

이제는 느리지가 않습니다
이제는 아프지가 않습니다
바람도 불고 비도 내리겠지만
사랑과 관심이라는 햇빛으로
꿈과 용기, 그리고 사랑이라는 열매를 맺을 것이니까요

기상

지지 마라
무너지지 마라
당신의 앞에 수많은
어려움이 놓여 있어도
그러한 시련들이
당신을 짓누르려 해도

나아가라
다가올 내일로 나아가라

지지 마라
무너지지 마라
인생의 시린 날들은
따스한 날이 머지않았다는 것
겨울이 왔다는 것은
봄이 올 날이 머지않았다는 것

어쩌면 단순한 것

그런 일이 있어
소박한 격려일지라도
저도 모르게 눈물이 터지는 일

애썼다, 고생했다
덤덤하게 건넨 몇 마디가
어떤 때는 큰 힘이 될 수 있지

쉽게 붉어지는 마음
저도 모르게 터져버리는 것
위로란 어쩌면 단순한 것일지도 몰라

명상

눈을 감고
숨을 들이쉬고, 내쉬며
마음에 호수 하나를 그려보세요

높이 하늘엔 구름이 떠다니고,
녹음이 짙은 높은 산골짜기 아래
맑고 푸른 호수가 펼쳐집니다

내 깊은 곳에 똬리를 튼
걱정, 불안, 잡념들
눈 감고 그려낸 호수에 세차게 던져봅니다

호수가 요동치면
숨을 들이쉬고, 내쉬고
잔잔해지는 호수를 그려보세요
그리하면 물방울이 잔잔한 원을 그리고
내 마음도 비로소 잔잔해질 겁니다

봄에 피는 꽃

사르르 눈이 녹고
화라락 꽃이 피고
덜덜덜 겨울을 열고
봄 봄 봄 봄이 왔네

꽃샘추위 아침 햇살 놀리면
아침 햇살이 하는 말

봄에 피는 꽃들 다 모여!!

매화, 튤립, 앵두꽃, 자목련, 모란

아침 햇살이 부른 봄꽃
설레도록 분홍빛이 가득하고
봄에 피는 꽃만 불렀는데
내 마음만 붉어졌네

몽타주

너를 찾으려 마음속에 그림을 그려
너를 잊지 않으려 나는
몽타주를 그려

작전명 : 없음

작전은 없어
아무런 계획도 없이
아무런 준비도 없이
사랑은 빠지게 되는 거니까

동백꽃

수줍은 동백 향기
나를 휘감을 때면
어느새 벙찐 감자가 되어버린다
뻐끔대는 벙어리가 되어버린다

금빛 우스운 너의 투정이
여전히 내 몸을 스치면
금세, 토마토처럼 변하리

너의 동백 향기 담아 눈에 흘리면
마지못해 건넨 화해의 악수
덧붙여, 수줍게 건넨 하얀 동백

다음이 찾아올 테면, 동박새가 되어
너란 동백 너란 동백
노란 동백을 가지러 가리라

봄기운

바람이 불고
벚꽃잎이 떨어지면
이 봄이 언젠가 끝나듯
내 오랜 기다림도 끝이 날까

벚꽃은 내 맘도 모르고
하롱하롱 하롱하롱
떨어지는데

내 맘도 모르는 벚꽃
내 마음에 그냥
쌓여 가네

어디선가 찾아온
이 벚꽃도
저 벚꽃도

쌓여 가네

봄은 사라지지 않고
오랫동안 마음속에 남을 뿐이네

건강한 봄맞이 하세요

건강한 봄맞이 하세요
하늘은 파랗게 물들고
들판은 연둣빛으로 물들고
세상은 하얀빛으로 물들고
우리의 얼굴은 눈물로 물듭니다

건강한 봄맞이 하세요
하늘은 맑아지고
강물도 맑아지고
우리의 눈물은 넘쳐나고
우린 아직
건강한 봄맞이 하세요 이리 인사합니다

건강한 봄맞이 하세요
사랑은 그리움에 물들고 그리움은 눈물로 물들고
눈물은 사랑에 물들지만

우린 아직
건강한 봄맞이 하세요 이리 인사합니다

건강한 봄맞이 하세요
우리는 작은 화면을 통해 인사하지만
우리의 사랑, 그리움, 눈물은
희망과 웃음이 되어
행복의 그림을 그릴 거예요

건강한 봄맞이 하세요
봄비와 함께 내린 우리의 희망
우린 이제
마지막으로 인사합니다. 건강한 봄입니다

이기적인 나라서

사랑이 이기적이어도 되는 걸까요
나의 사랑을 알아주길 바라도 될까요

좋아한다, 사랑한다, 보고 싶다
내 마음은 자꾸만 메아리처럼
깊은 곳까지 울려 퍼지고
사방팔방 쉽게 부딪칩니다

사랑을 바라는 게 이기적인가요
이기적이라고 해도 아직도
당신의 사랑을 바라기에
나는 괴로워하고 있습니다

사랑은 주는 것이라는데
저는 사랑받고 싶은 어린앤가 봐요
당신의 사랑을 바라지 않고

당신을 사랑할 수 있다면
저는 다시 행복해질 수 있을까요

이기적인 나는 오늘도 당신을 그리지만
이기적인 나라서
저는 행복해지기 위해
당신의 사랑을 바라지 않고
사랑하겠습니다

그리고 언젠가는 당신을

마음의 정원

마음에 정원을 가꾸고
보석을 심고 햇볕을 쬐어 주던
시간이 지나고

풍요로운 정원이 폐허가 된
시간이 지나서

나그네는 씨앗을 심고, 물도 주었습니다

하루가 지나고 또 하루가 지나서
한 달이 지나고 또 한 달이 지나서
한 해가 지나고 또 한 해가 지나서

삭막하던 사막에도 계절이 왔습니다
풍요로움도 되찾을 것 같습니다

PART 2

Summer

여름비 내리고

여름 향기가 난다
실렁이는 초록의 내음이

여름비가 내린 후에는
초록들이 흠뻑 젖은 나머지
비가 스며든 짙은 초록의 향기가 난다

추적이는 비처럼
나의 여름을 각인하는
네게서도 여름 향기가 난다

신록의 계절

신록이 우거지는 계절
오솔길을 지나 집으로 가는 길
가만히 서 있는 너에게 시선이 간다

무성한 초록들 사이사이로
햇빛이 스며들어 올 때
너는 가만히 수그린 채
행복을 추구하는
은밀한 묵념

숲속에 말끔하게 숨은
야생화, 투명한 신록의 향수

반드시 행복해지리라
틀림없이 행복해지리라
그리 말하고 있는 너

너의 마음이 참 향기롭다

은은하게 짙은 신록의 행복이

불꽃축제

그 여름 끝에서
폭죽이 바스러지는 밤

폭죽이 꺼지면 여름도 끝날까
여름이 방울방울 흐르면
나는 네 이름을 부른다

한 방울 여름은 지워지지 않을
얼룩으로 남기를

마지막 폭죽이
유유히 울려 퍼지면
너도 나의 이름을 부를까

이 여름의 끝에서
폭죽이 피어오른다

별이 떨어질 때

달에 넋을 빼앗겨 바라보다가
별이 가득한 하늘에
시간마저 빼앗겨 버렸어요
그러다가 갑자기

슈
우
웅
별이 떨어졌지요

소원을 빌 타이밍도 없이
사라지고 말았지만

설렘 가득한 밤하늘은
별 떨어진 내 마음에
희망의 싹을 틔웠답니다

물풍선

부풀어 오른 내 마음
물로 가득한 물풍선처럼
작은 움직임 하나에도 조심스럽고

심장이 터지면 어쩌나
조마조마한 내 마음은
어쩔 줄을 모르네

당신을 생각함은
내 심장을 더욱 부풀게 하지만
물풍선처럼 터지지는 않는다는 게
참 신기한 일이다

즐거운 자판기

신호등을 건너기 전
사거리 앞 커피 자판기를 보고 피식
'밀크 우유'라는 이름에 또다시 피식
웃었습니다
웃음이 나오니까 당신이 떠오릅니다
당신이 생각나니까
당신에게 사랑의 러브나 보내렵니다

이상한 여름

산들바람이 불어오고
하늘은 파릇파릇하니 기뻐지는 것은
모두가 같은 마음이겠지요?

비가 내리는 날에는
연둣빛 세상이 비에 젖겠지만
하늘은 푸르지 않고 탁해지겠지만

비가 내리면
버스에서 내리는 사람들
우산을 펼치다가
연달아 비를 맞기도 하지만

우산이 없는 사람들은 급하게
편의점으로 달려가다가
웅덩이에 첨.벙. 발 담글지도 모르지만

연둣빛 세상은 비에 젖어서
색다르게 아름다워 보이고
하늘은 더운 하루를
조금이나마 시원하게 만들어요

비를 맞을 때면
어떤 까닭 모를 해방감을 느껴보고
웅덩이에 발 담글 때는
당혹스러움을 즐겨보기로 해요

사랑의 무게

사랑이란 두 글자가
내 마음 깊은 곳까지 내려앉습니다
사랑은 무거운 건가 봐요
그래서 저리도 깊게 자리 잡았나 봅니다

꺼내 오기에는 무거워서
마음 깊이 남겨두었습니다

사랑은 매번 중력을 속이고
나도 그걸 매번 속아서

가끔
그곳으로 다이빙합니다

엉킨 실타래

엉킨 실타래를 풀어보자
하나씩 하나씩 떼어내어
곰곰이 들여다보자

감정은 가끔씩
엉킨 실타래 같아서
얽히고설키고는 한다

그럴 때면 그런 감정을
하나씩 하나씩 떼어내서
들여다보자

하나씩 하나씩
엉킨 실들을 풀어보다 보면
언젠가는 틀림없이
하나씩 하나씩 풀어질 테니

정원과 정원사

정원사는 나무를 가꾼다
아침에도 점심에도 오후에도
나무가 자라도록 정원을 지킨다

정원사는 정원을 지켜야 한다
나무가 건강하게 자라도록
옆에서 돌봐줘야 한다

정원사는 옆에서 나무를 돌본다
앞으로 자라날 나무가
건강하게 자라도록
뿌리부터 관심을 가진다

정원사에게 모든 책임을 떠넘기지 마라
정원은 나무의 성장을 위한 곳
'성장'을 할 수 있도록

나무를 바로잡아야 한다

정원에 정원사가 없으면
나무는 썩고 만다

나무가 건강하게 자라도록
나무를 바로잡아야 한다

건강한 사회를 만들기 위해
앞으로 자라날 나무의
뿌리부터 관심을 가져야 한다

소나기

무더운 여름날
비가 오래 온 날
멍을 덮으려고, 멍을 들추려고

그들이 지나간 자리에서

미처 헤아리지 못한
슬픈 가사를 앓으면서
아른거리는 눈물을 흘리면서

뭐가 그리 슬프더냐고
어디가 그리 아프더냐고
그렇게 오래 비를 흘리는 건지

유난히 더운 날
슬픔을 감추지 못해

울었다 그치기를 반복하는 날

이제는 부디 아프지 마라

건너편

신호등 색이
적에서 녹으로 바뀔 때까지
도로엔 밤이 찾아왔고
신호등 건너편에는 당신이 있었다

초록이 들어오면
우리는 도로 중간에서 만나
밤을 피하려고 도망을 갔다

신호등 색이
녹에서 적으로 바뀌면
도로엔 새벽이 찾아왔고
마침내 신호등 건너편은 아침이다

초록이 들어올 때
우리는 거리에 있었으므로

여전히 밤을 피하려 도망을 갔다

신호등 색이
적에서 녹으로 바뀌고
도로엔 아침이 찾아왔다

다시 휙 돌아보면
건너편엔 밤이 있을 뿐이었다

해바라기를 알고 있니

태양만 바라보는 해바라기
여기 있다
당신만 바라보고픈 해바라기가
여기에 있다

태양은 알까
해바라기를
당신만 바라보는
해바라기를

활짝 웃으며
당신을 바라보는 그 꽃을

바다

같이 바다로 가요
일렁이는 파도에 기대어
물보라와 박수를 쳐요

그러고선 모래사장에 가요
모래 안에 묻은 어떤 마음들
바다에 훠이훠이 날려가도록

모래가
상처를 덮고
파도가
상처를 가져가면

유통기한 지난 감정들은
모두 물거품이 될 뿐입니다

점멸 신호등

깜-빡

깜-빡

선은 넘지 마세요

안전이 제일이니까

천천히 서행하십시오

깜-빡

깜-빡

점멸 신호등에 보이는

황색등, 적색등

안전이 제일입니다

영(影)의 노래

당신의 그림자가 되겠습니다
그렇게 당신의 일부가 되겠습니다
날이 가장 눈부신 날
가장 어둔 그림자가 되어서
그 안에, 당신의 슬픔도 외로움도
모두 다 털어버리겠습니다

그러다, 가장 어두운 날이 오면
내 모아둔 슬픔과 외로움
세상에 냅다 던져버린 채
곁에 머물며, 아무 말 없이
당신 곁을 지키겠습니다

나 그렇게
그렇게, 당신의 그림자 되겠습니다

한탄

지워야 할 것을
지우지 않고 내버려두니
번지고 또 번져간다

감당해야지
받아들여야지, 하면서도
형체 없이 번져간다

이 방도
이 밤도
이 세상도
지워야 할 것이
너무나도 차고 넘친다

이 방이
이 밤이

이 사랑이

형체 없도록 번져가도

감당해야지

받아들여야지

아침을 맞이해야지

파도가 물보라를 일으킬 때

바닷물결에 머무는 햇볕에
반짝대는 물빛 같은 사람

순수하고도 말끔히
그런 사람이 있다

귓가에 아직도 머무는
파도 소리가 그리워지면
당신이 보고 싶다

파도가 물보라를 일으킬 때
바닷속을 헤는 돌고래들도
돌고래들의 울음소리에도
바위에 부딪힌 향기에도
당신이 담겨 있다

구닥다리

이제는 낡고 오래된 휴대폰을
아직도 간직하고 있다

추억을 열어보려 하면
낡고 오래된 휴대폰은
자꾸만 로딩-중

그래도 이 작은 구닥다리는
얼마나 많은 추억을 담고 있던지
나의 빛바랜 추억에는 색이 더해진다

이제는 낡고 오래된 휴대폰
아직 로딩-중이지만

제대로 작동하지 않아도
괜찮아

여름 방학

여름 방학
일기장에 남은
너를 마지막으로 본 날

그 안에는
날짜, 날씨, 제목, 기분
그런 명사들의 어떤 마지막

8월의 뜨거운 햇살 속에서
우리는 놀이터의 지배자였다

뜨거운 햇살이 식을수록
스멀스멀 올라오는
어떤 아쉬움

이제 집에 올 시간이야

창문 너머로 들려오는 목소리

고등어, 된장, 김치찌개

창문 너머로 풍겨오는 냄새

여름 방학

일기장에 적은

너를 가끔 떠올리는 날

초콜릿

그대의 목소리에도
그대의 문장에도
초콜릿이 녹아 있어서

그대의 입김이
나에게 닿을 때마다
나의 마음은 흐르고 있습니다

흐르는 나의 마음은
당신의 이름을 불러보고
당신의 목소리를 바라보곤 합니다

내 귓가에 흘러온 초콜릿이
내 차가운 마음 감싸고
후에 굳어버리면

햇살 같은 미소가

나에게로 향하는 날

굳어버린 나의 마음이

다시 흐르고 있습니다

우리라는 시

어제도, 오늘도, 내일도
힘든 나날이 계속되겠지만
지금 글을 적고 있는 나는
꽤 즐겁습니다

어떤 힘든 일이 있어도
기록하고 표현하는 시간은
우리에게만 있는 듯 즐거워요

그건 우리가 시이기 때문일 겁니다
우리의 시는 누군가의 노래가 되겠죠
또 그 노래는 누군가의 소설이 되고
그 소설은 또 누군가의 시가 되겠죠

나의 시와
당신의 시가

서로의 노래가 되고

서로의 소설이 되고

서로의 시가 될 때

우리는 하나가 될 수 있을 겁니다

오선보와 소리

구름 끼-인 가을바람에
책상 앞 오선보가
소리 되어 날아가니
오선보에는 글자만이 남았구나
아아, 저 무심한 하늘아
너는 아는가
소리를 잃은 오선보의 아픔을

그렇다면
무심한 너에게
가을바람에 담은 소리를
보내나니

너는 나에게
겨울바람에 담은
다정한 소리 되어
찾아와 주렴

아름다운 것

수많은 군중들 사이
흐릿한 누군가가 되고 싶지 않아서
애매모호한 회색으로 남고 싶지 않아서
특별해지려고 하면 평범해지는
그런 모순 속에서 살아간다

모두 그 이상에 꿰맞추려 들 때
결국은 재가 되어 사라지리라

나는 나의 이상을 찾고 있다

특별해지기 위해서 평범해지고
평범해지기 위해서 특별해지는

이곳은 뿌연 연기로 가득하다

평범해지려고 애쓰지 않고

특별해지려고 애쓰지 않고

나는 내가 되려 한다

모노 사피엔스

우리 인생은 모노영화
회색 배경과 회색 등장인물
화려함이 뭔지 잊어버리고
남은 건 질은 모노만이 있을 뿐

모노영화 속
사람들은 모노 사피엔스
화려한 사람들을 만나도
다양한 세상을 만나도
새로운 경험을 했어도

그저 모노에만 빠져 살아간다
그렇게 모두 모노 사피엔스가 되어간다
단조롭게 흘러가는 회색 구름처럼
모노 사피엔스가 되어간다

우리 인생은 모노영화

화려한 세상이 있어도

다양한 사람을 만나도

새로운 사랑을 했어도

여전히 모노 사피엔스로 사는구나

스페이스-바

안녕 나의 별
혼자서 저 높이 구름 너머로 떠 있구나
내 짧은 손을 뻗어봐도, 너에게는 닿지 못하겠지

지금 내 앞에 있는 스페이스-바를 두드려서
우리의 거리가 바다만큼 멀어지면 하늘만큼 멀어지면
우주만큼 멀어지면 그렇게 멀어지면
우린 언젠가 닿을 수 있을까

이 별의 거리엔 공백만이 더해져서 멀어지고 있어
마치 우주가 팽창하는 것처럼

곧 아침이 찾아올 거야
넌 네 모습조차 감출 텐데
아침이 찾아오기 전에 다시 닿을 수 있다면
우주의 팽창을 넘고 은하수를 넘어서

너에게, 너에게로 갈 텐데

그러니 아침이 오기 전까지는
스페이스-바를 두드릴 거야

소용돌이 속에서

빛이 있는 이유는
그림자를 더욱 강하게 있음이 아니라
우리 서로 사랑하기 위함이라

어둠이 있는 이유는
빛을 더 선명하게 만듦이 아니라
우리 서로 슬픔을 나누기 위함이라

밤에 달이 뜨고 별이 뜨는 이유는
서로의 손을 잡고 웃기 위함이라

세상은 소용돌이 속에서
뒤척이고 있는 것 같다

빛이 있는 이유를 잊고
어둠이 있는 이유를 잊고

별이 밤하늘에 보이는 이유를 잊은 것 같다

우리가 서로를 이해하지 않을 때
우리는 서로에게 이해받을 수 없다

그럼에도 불구하고

아직 어려서
날지 못하는 새가 있다

절벽 위에 서라고
비상을 위해 전진하라고
하늘은 말한다

기대와 흥분은
두려움과 흥분으로
두근거림이 두근거림으로

그럼에도

두근거림이여!
멈추지 말아다오
다시 또다시 날아오를 테니

두근거림이여!

언젠가 반드시

하늘 위로 날아오르리

한 걸음

한 걸음 한 걸음 걸어가는
길 잃은 아이가
두 손에 침묵을 쥐고서 걸어갑니다
터벅터벅, 터벅터벅
소리를 내면서 걸어갑니다

무거운 걸음을 멈추고
아이는 먹구름을 물끄러미 바라보다가
또, 회색 콘크리트 더미들을 바라보다가
터벅터벅, 터벅터벅
소리를 지우고 걸어갑니다

휘날리는 나무들을 보고서
침묵을 잃어버릴 뻔하다가
눈을 꼭 감고서 걸어갑니다
터벅터벅, 터벅터벅

보이지 않는 길

이끌어 줄 사람 있다면

나침반이라도 있다면

안개 낀 하늘

바람이 불어오는 이곳

이윽고

바람이 지나가고, 눈을 뜨면

먹구름이 사라지고, 파스텔 하늘이 보입니다

군청색 귀뚜라미 소리가 들리더니

두 손에 쥐던 침묵도 날아갔습니다

이제야 가벼워진 발걸음으로

다시, 한 걸음 한 걸음

오늘도 나는 걸어갑니다

달빛 내려오면

밤이 찾아와 해가 지면
달빛은 내려와
나를 감싸 안은 안개를
살며시 걷어내 준다

달빛은 내려와
나를 둘러싼 꺼진 별들을
부드럽게 안아준다

나를 둘러싼 별빛들이
그리움 사이를 떠돌다가
짙은 그림자를 지나면
빛을 실어 나를 떠오르게 만든다

나를 둘러싼 달빛이
그리움을 서서히 녹이면

네 곁에 닿을 것을 믿는다

그렇게, 그렇게
내려와서 깊이 파고든 달빛이
어루만지는 미소가 될 것을

잔디밭 오케스트라

캄캄한 밤
몰래 나가 잔디밭에 누워봅니다
잠든 풀들 위로 등을 맞대 바라본
그윽한 별들
가득한 밤하늘

밤바람이 흘려보낸 별들에 맞춰
밤 곤충들이 연주하는 오케스트라

밤바람이 흘려보낸 별들에
잔디밭은 이리저리 춤을 추고

춤추는 잔디밭
장단에 맞춰 연주하는
밤 곤충들의 오케스트라
관람석은 오늘도 만석입니다

짙은 새벽

살금살금 집에 들어와

아침에도 잔디밭이

춤추기를 기대하며

아이는 꿈을 꿉니다

꿈결

눈을 감았다가
눈을 뜨니, 꿈은 사라지고
아리송한 감정만 살아 있다

기억이 떠오르지 않아서
꾸물꾸물 다시 잠에 빠져드니
방금 꾸던 꿈이 살아난다

너는 어딘가로 향하고
나는 너를 찾아 헤매고 있다

네가 나를 찾는 것일까
아니면, 내가 너를 찾는 것일까

꿈에서 깨면 사라지는 기억들
어디로 가던 걸까

그리고 우리는

어디로 향하는 걸까

편지의 일주

편지를 쓰고서
우체통에 넣고 왔습니다
거기에 넣어두고만 왔습니다

우표 없는 편지
갈 곳 없는 편지는
버려지기 싫은 마음에
구름 타고 멀리 떠날 겁니다
멀리, 또 멀리

바람은 구름을 몰고
구름은 편지를 몰 겁니다
또 바람이 구름 몰고
구름이 편지 몰기를 반복하다 보면
따듯한 날은 오겠지요

그제야 새싹이 돋기 시작하면

긴 계절로 엮고

구름 몰던 바람 되어서

전해드리러 갈게요

희망을 찾아야 한다

원하던 것을 얻어내지 못했을 때
한없이 아끼는 무언가를 잃었을 때
우리는 절망을 입에 올린다

우리는 왜 절망할까
우리가 절망하는 이유는
바라는 마음이 너무나 간절했기 때문이다

절망이란 단어에는 두 가지 의미가 있다
1. 희망이 끊어져 체념하는 상태
2. 무언가를 간절히 바라는 것

우리는 절망^{2}하기에 절망^{1}하지만
절망^{2}하지 않으면 절망^{1}한다

절망^{1}은 절망^{2}하지 않아서 생겨난다

간절히 무언가를 바라지 않으면
절망[1]에 빠지게 된다

그 어떤 실패도
그 어떤 고난도
의미 없는 것이 아니다

어떠한 형태로든
보답받는 순간이 반드시 온다

희망을 찾아야 한다
격렬하게 희망을 찾아야 한다

PART 4

Winter

잠에 들면 피는 꽃

내 방에는 화분이 하나 있다
화분에 있는 꽃은
해가 있을 때 피지 않는다
너무 뜨겁고 시끄럽기 때문이다

밤이 해를 잡아먹고
가로등에 빛이 켜지고
달과 별이 함께 떠오르면
화분에 있는 꽃은 싹을 틔운다
조용하고 잔잔하기 때문이다

달도 별도 더 깊어지는
밤이 더 짙어지면
창문 사이로 은은한 빛이 스민다

새싹이 조용히 꽃을 피운다

아침 햇살

지친 어제의 밤이 지나고
아침이 왔다

세상은
지나간 일들은 잊으라는 말을
너무도 쉽게 하는데

나는 그럴 수 없네

지나간 일을 희미하게 하는 건
아침의 햇살뿐

아침마다
따뜻하게 나를 찾아오니
오늘도 하루를 비추어 주니

힘을 내야겠다

분신

파도가 만들어 낸 거대한 그림자
겨울은 외로운 안식일 테니
너는 나의 겨울

파도가 범람하고 흘러넘치면
끝내, 나는 침전에 빠져도 된다

너는 마치 한 줌의 빛이 되어
나를 심해에서 데리고 나올 테니

너는 나의 눈을 보고 있다
나도 너의 눈을 보고 있다

우리는 서로의 눈으로 대화했다
사랑한다, 말을 했다

탈출

나를 향해 날아오는
수많은 화살

저마다 나의 마음을 가리킵니다
나는 화살에 맞지 않으려
우울의 강으로 건너서
우울의 바다로 갑니다

그곳에서 나는
위안을 찾겠지만
침전되고 부식되겠죠

이만, 나를 바꿔야 할 때
우울에서 빠져나와야 합니다

무언의 다짐

말하지도 적지도 않겠습니다
입 밖으로 나의 다짐 내뱉으면
이 결심 흐지부지될까 봐

다만, 어딘가에 적어두겠습니다
의지도 열정도 열망도 기다림도
글자로 남겨두고서
다시 꺼낼 수 있도록

말하는 것으로 위안 삼지 않겠습니다
그저 내 마음에 심은 씨앗이
아름다운 꽃으로 피어날 때까지
자리를 지키겠습니다

겨울바다

책상 앞 달력이
한 페이지씩 넘겨가다 보면
겨울이 다시 찾아올 거예요
그때는 나랑 함께 바다로 떠나요

겨울에는 사람들이 오지 않아서
모래사장 위에서 뛰어놀 수 있네요
기온이 1도 2도 3도 내려가는 날
날이 추우니, 목도리는 필수입니다
바람 불어오는 겨울, 바닷가로 가요

겨울이 와도 바다는 얼지 않으니
겨울, 바닷가로 가요

아무도 찾지 않는
그곳으로

눈 내리는 계절

당신이란 사람은
눈이 내리는 나의 계절에
봄을 가져왔습니다

당신이란 한 사람으로
거리에 소복하게 쌓인 눈들까지
녹을듯합니다

눈에 보이지는 않지만
당신은 따뜻한 사람

나의 추억, 나의 행복, 나의 기쁨
보이지 않지만, 사라지지도 않으니
차곡차곡 쌓고 모아서

당신의 계절에도 눈이 오면
그때 당신의 난로가 되겠습니다

반으로 쪼개진 세상

우리가 흔히 선이라고 부르는 것들은
종종 선이 아니다

우리가 흔히 악이라고 부르는 것들도
때론 악이 아니다

세상은 둘로 나뉘어서
서로가 서로에게 일방적이다

사실은 둘로 나뉜 것도 아닌데

서로가 서로의 당위를 이유로
서로를 공격할 때조차도
우리는 항상

우리는 저들을 비웃지만

동시에 비웃음을 당한다

그렇게 항상

불확실성

세상은 불확실한 것들로 가득하다
잡을 수 있는 것보다
잡을 수 없는 것이 더 많다
그러니 기회가 오면 놓치지 말아야 한다

기회를 잡으려면
자신을 믿어야 한다
할 수 있다
할 수 있다고
나는 할 수 있다고 믿어야 한다

세상은 불확실한 것들로 가득하고
종종 혼란과 두려움이 찾아와도
굳게 믿어야 한다
할 수 있다고
나는 할 수 있다고 믿어야 한다

아이 찾기

터널 속으로 들어가는 기분이었다
터널 속으로 들어간 아이는
시간이 지나도 돌아오지 않았고
아이를 찾으려 터널 속으로 들어가 보니
아이는 없었다
터널 밖으로 빠져나와도
아이는 없었다

터널 밖으로 나왔지만
여기도 거대한 터널일지도 모른다
여전히 나는 터널 안에 있는 기분이었다

시간이 지나고
이 터널 속에서 빠져나오면
아이는 이곳에 있었다

나는 그 아이였다

나는 비로소 내가 된다

감각세포가 바르르 떨리며
나를 깨우면
나는 몸을 바르르 떨고

나는 나를 비운다
그러고 나를 채운다

찌꺼기들을 청소하고
빠드득 뽀드득
묵은때를 벗겨낸다

어린 새벽처럼
별빛과 달빛이 묵은때를 말리고

이른 아침처럼
내게는 이슬이 맺혀 있다

햇살이 이슬을 가져가고

빛을 건네주면

나는 비로소 내가 된다

관성의 법칙

콩나물 바구니 흔들리듯
버스 탄 사람들 흔들린다
버스 멈추면 사람들은 앞으로
버스 출발하면 사람들은 뒤로

누구나 관성의 법칙을 따른다

콩나물 바구니 흔들리듯
흔들리는 세상 속에서도
사람들은 앞으로 가다가 휘청
그대로 제자리에 있다가 휘청

관성의 법칙에 따라
사람들은 모두 휘청거리지만

관성의 법칙은

앞으로 가려는 사람들은
계속해서 앞으로 가도록 돕고
제자리에 있는 사람들은
계속해서 그 자리에 있도록 돕는다

관성의 법칙은 모두에게 주어지지만
어떻게 살아갈 것인지는
우리의 몫

흔들리는 세상 속에서
어떤 사람이 될지는
우리의 선택

스몸비

어떤 사람들은
초점을 잃은 퀭한 눈으로
사방을 쫓는다

아무 이유 없이
아무 목적 없이
어영부영 살아가는데
머리의 뇌세포들이 죽어간다

퀭한 눈이 초점을 잃어
사방을 쫓으면
머리가 어지러워지고
행동은 느려진다

스몸비라고 했던가
스마트폰과 좀비의 합성어

기술의 발전을 탓하고 싶지만
다른 누구를 탓할 수도 없는 노릇이다

과유불급이라고 했던가
너무 과해서 되레 독이 된다
주체하지 못한 이들이 스몸비가 되어간다

너무 과하게 사용하면 오히려 독이 된다
옛말 하나도 틀린 게 없구나

모두의 마음속에

모두의 마음속에
가공되지 않은 보석이 있다

그건 아직
가공이 덜 된 원석이라

밤하늘에 별들처럼
반짝반짝 빛나지 않지만

시간이 지날수록
아름답게 빛을 내는 보석이 된다

실수하고, 실패하며
숱하게 넘어지면서

무엇에게 사랑받고

무엇을 사랑하면서

우리는 그렇게
하나뿐인 보석이 된다

불나방

누가 그러더라
불나방처럼 날아가라고
감정은 사라지고, 결과만 남는다고
그러니까 불나방처럼 날아가라고

그런데
결과만 바라보고
감정은 무시해야 하는 걸까
정말 우린 불나방이 되어야 할까

냉혹한 세계야
감정을 무시해야 하는 세계는

이렇게 차가운 세상인데
사람들은 모두 뜨겁게 타오르고 있어

사실은

사라졌다고 생각했던 행복은

사실 무뎌진 것뿐이었네

비행기

나는 비행기
하늘을 자유로이 나는 비행기

바람을 타는 거야
바람을 타고 날아가는 거야

어두운 하늘에 비가 내려도
조급해하지 않을래

바람이 내게로 불어오면
그 순간이 오면
단번에 날아오를 테니까

바람을 타는 거야
바람을 타고 날아가는 거야

나는 비행기

하늘을 자유로이 나는 비행기

선물 같은 당신에게

초판 1쇄 발행   2024. 6. 7.

지은이   오진욱
펴낸이   김병호
펴낸곳   주식회사 바른북스

편집진행   황금주
디자인   김민지
표지 일러스트   한소

등록   2019년 4월 3일 제2019-000040호
주소   서울시 성동구 연무장5길 9-16, 301호 (성수동2가, 블루스톤타워)
대표전화   070-7857-9719 | **경영지원**   02-3409-9719 | **팩스**   070-7610-9820

•바른북스는 여러분의 다양한 아이디어와 원고 투고를 설레는 마음으로 기다리고 있습니다.

이메일   barunbooks21@naver.com | **원고투고**   barunbooks21@naver.com
홈페이지   www.barunbooks.com | **공식 블로그**   blog.naver.com/barunbooks7
공식 포스트   post.naver.com/barunbooks7 | **페이스북**   facebook.com/barunbooks7

ⓒ 오진욱, 2024
ISBN 979-11-7263-019-5 03810

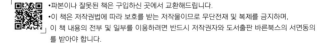